대한민국 **10대,**
세상의 중심에 서라

대한민국 10대, 세상의 중심에 서라

김현태 지음

파라북스

꿈의 중심을 향한 첫 발자국

10대 시절, 나는 가수 이승환을 너무나 좋아했다.
테이프가 늘어질 때까지 그의 노래를 들었다.
그러다가 어느 날 문득, 꿈이 하나 생겼다.
'내가 지은 가사를 이승환이 부른다면 얼마나 좋을까?'
그 꿈을 이루기 위해 틈틈이 습작도 하고 간간이 시집과 에세이를 보게 되었다.
많이 세월이 흐른 지금 그 꿈을 이루진 못했지만, 여태 이승환을 직접 본 적도 없지만, 그래도 그 시절 그 꿈이 있었기에 작가라는 직업을 얻을 수 있었다.

꿈이 있다는 건 좋다.
구름 뒤에 태양이 있다는 걸 믿게 만들고 수백 방울
의 땀을 흘려도 힘든 줄 모르게 만들기 때문이다.

이 책은 꿈을 정하지 못한 10대에겐 애드벌룬 같은
꿈을, 절망의 늪에 빠진 10대에겐 태양 같은 희망을,
불행하다고 느끼는 10대에겐 한없는 행복을 주기 위
해 만들었다.
짧은 글과 단순한 그림이지만 그 안에 여러분들의 운
명을 바꿀 만한 놀라운 가치가 숨겨져 있으니 두 눈
을 부릅뜨고 잘 찾아보기 바란다.
또한 읽다가 맘에 드는 글귀가 있으면 밑줄을 긋거나
그것으로도 아쉽다면 마음창고에 차곡차곡 쌓아놓아
도 좋다.
그리고 마지막으로 이 책을 통해 오늘 밤, 자기 자신
을 방문하는 계기가 되었으면 더더욱 좋겠다.

2007년 1월
김현태

차 례

머리말

지혜를 배울 것인가?
기술을 배울 것인가?

지혜는 영원한 재산이 되지만
기술은 파도 앞 모래성과 같다.

to._____

from._____

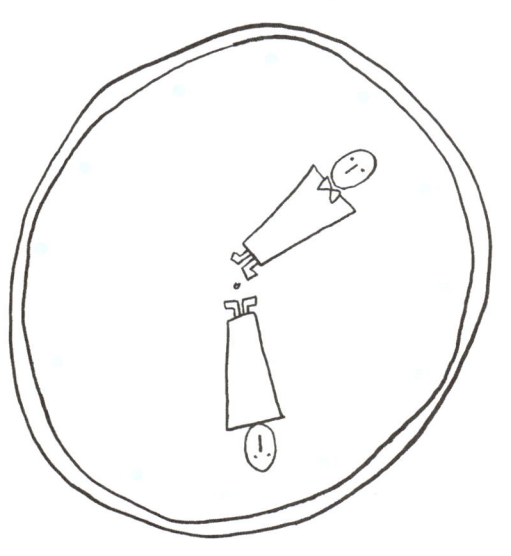

늘

헤밍웨이에게 누군가가 물었다.
"창작활동의 비결이 무엇입니까?"
그는 대답했다.
"무슨 일이 있어도 매일 정해진 시간에
책상에 앉는 것입니다."

이 세상에는
유명한 성공 컨설턴트들이 제시한
성공하는 비법이
수백수천 가지에 달한다.
너무 많아서 무엇을 취할지 헷갈리는 사람도 많다.
그런 사람은
모든 것을 한 단어로 압축한,
이것만을 기억하라. 그럼 성공할 것이다.
성공 비법은 바로
'늘'

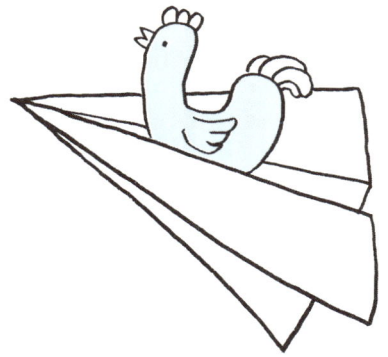

희망의 줄

어린 닭 하나가 있다.
그는 날고 싶었다.
그래서 최후의 수단을 선택했다.
먼저 나뭇가지에 밧줄을 걸고
그 줄에 자신의 목을 매달았다.
그리고는 망설임 없이 허공에 몸을 던졌다.
팽팽해진 밧줄은
어린 닭의 숨통을 점점 조였다.
참을 수 없는 절박함…….
그러나 가장 절망스러울 때
희망이 온다고 했던가!
화석처럼 굳은 줄로만 알았던 날개가
파드득 파드득, 움직이기 시작했다.
어린 닭, 드디어 하늘을 들었다 났다 한다.

우리네 삶도 마찬가지다.
절실히 갈망하라.
그럼, 하늘에서 희망의 밧줄이 내려온다.

목숨 걸고

세상에서 가장 빠르다는 치타.
그 치타가 아무리 빠르더라도
사슴 한 마리를 잡는 일
그리 쉽지 않다.
치타는 한 끼 식사를 위해 달리지만
사슴은 목숨을 걸고 달리기 때문이다.
치타는 실패하더라도
한 끼 굶으면 되지만
사슴은 잡히면 죽고 만다.

무슨 일이든 목숨 걸고 하라.
목숨 걸고 한다면
자기 자신도 믿지 못할 정도로
거대한 거인의 힘이 솟는다.
목숨 걸고 한다면 이루지 못할 일이
어디 있겠는가.

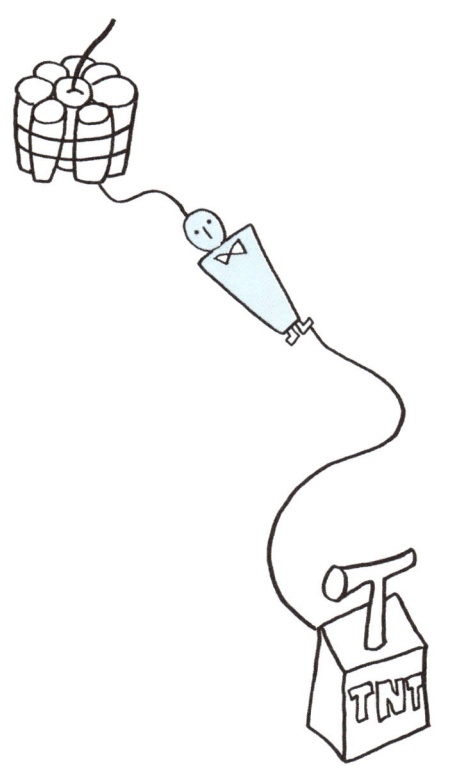

창조적 파괴

질레트는 트렉 II 라는 이중 면도날 출시에 이어,
헤드가 움직이는 아트라 회전 면도기를 선보였다.
그리고 곧이어 이중 면도날이 따로 움직이면서
충격을 흡수하는 센서라는 신제품을 출시했고
3개의 회전 면도날이 달린 마하 3을 내놓았다.
사실, 계속해서 신제품을 출시하지 않아도 된다.
어차피 질레트는 면도기의 최강자이기 때문이다.
그러나 그들은 파괴와 창조를 수없이 반복한다.
파괴와 창조 사이에 더 나은 발전이 있기 때문이다.

세계적인 경영학자 피터 드러커는 말했다.
"3년에 한 번씩은 모든 관행을 재검토하고
상황에 적합하지 않은 모든 것은 폐기해야 한다."
쇼윈도의 마네킹도 계절이 바뀌면 옷을 갈아입고
산도 가을이 되면 붉은 잎으로 갈아입듯
사람도 마찬가지다.
스스로를 파괴하고 스스로를 창조해야 한다.
그것이 승리의 길이다.

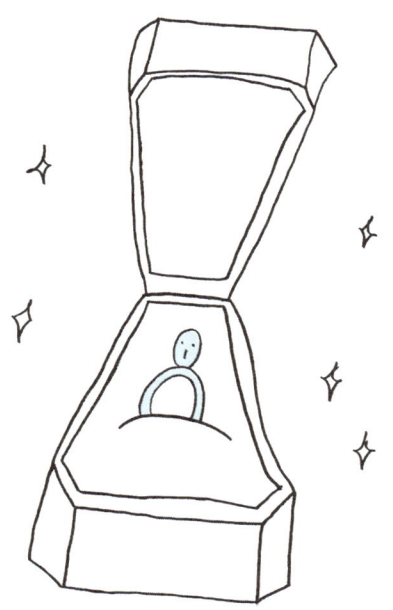

가 치

홍수가 나면 강물은 빨라지고
가뭄이 들면 강물은 느려진다.
땡볕이 내리쬐면 강물은 따뜻해지고
눈발이 날리면 강물은 차가워진다.
외부환경에 따라
강물은 변화무쌍하다.
그렇다고 강물이
시궁창 물이 되거나 식염수가 되는 건 아니다.
형태와 성분만 조금 변할 뿐,
강물은 여전히 강물이다.

인간의 가치도 마찬가지다.
온갖 시련이 찾아와 몸과 마음이
찌그러지고 닳아지고 뭉개진다고 해도
인간의 가치는 변하지 않는다.
너는 여전히 빛나는 보석이다.

말의 꼬리

무명 복서인 한 청년이
만나는 사람들에게 이렇게 말했다.
"난 세계 최고다!"
사람들은 건방지다고 손가락질했다.
그러나 청년은 그 말을 멈추지 않았다.
훗날, 청년은
자신의 말대로 세계 최고의 선수가 되었다.
그가 바로 '무하마드 알리' 다.

말은 행동을 유발하는 묘한 힘이 있다.
말이 꿈이요, 꿈이 곧 현실이다.
점쟁이의 예언이 더욱 빛을 발하는 건
앞날을 내다보는 그들의 예지력뿐 아니라
점을 본 사람들이 점쟁이의 말을
그대로 따라하는 데 있다.
말의 꼬리, 그것을 따라가다 보면
좋은 일이 기다리고 있을 것이다.

경 쟁

마라톤은
'타인과의 경쟁' 인 동시에
'시간과의 경쟁' 이다.

그러나
그보다 더 중요한 경쟁이 있다.
상대는 바로 자기 자신이다.
자신을 이기는 자가
자신을 넘는 자가
가장 위대한 사람이다.

완벽

귀퉁이 한 조각을 찾기 위해
동그라미가 하루 종일 힘겹게 돌아다녔다.
한 조각만 채우면
완벽한 동그라미가 되기 때문이다.
저녁 무렵, 드디어
자신에게 꼭 맞는 한 조각을 발견했다.
"난 이제 완벽해!"
그러나 동그라미는 행복하지 않았다.
둥글기 때문에 계속 굴러야만 했다.
개미와 얘기를 나눌 수도,
나무 그늘에서 쉴 수도 없었다.
꽃향기를 맡을 겨를조차 없어졌다.

완벽함, 그것에 목숨 걸지 마라.
태양은 너무나 빛나기에 아무도 쳐다보지 못한다.
완벽함 속의 불행보다
부족함 속의 행복이 훨씬 낫지 않을까.

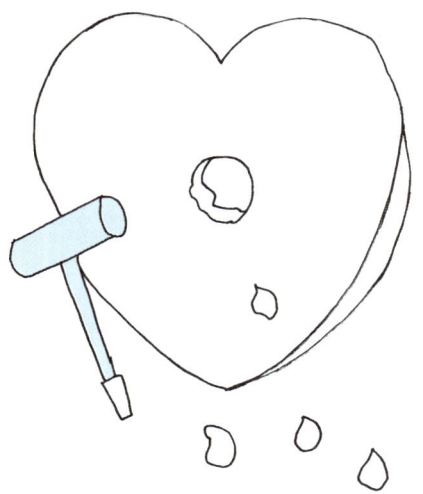

마음의 장벽

"인간은 치타가 아니다. 불가능하다!"
그러나 1954년 5월 6일,
로저 배니스터는 1마일을 3분 59초 4에 주파했다.
불가능하다고 믿었던 4분 벽을 깬 것이다.
하지만 더 놀라운 일은 그 이후에 일어났다.
4분 벽이 깨진 후,
다른 선수들이 잇달아 같은 벽을 깨기 시작했다.
한 달 만에 열 명이, 일 년 후에 서른일곱 명이
그리고 2년 안에 무려 수백 명이 그 일을 해냈다.
불가능할 거라고 믿어왔던
굳건한 마음의 장벽.
그것이 무너지는 순간,
모든 사람들의 불가능이 가능으로 바뀐 것이다.

이 세상에 불가능은 없다.
마음의 장벽만 무너진다면.

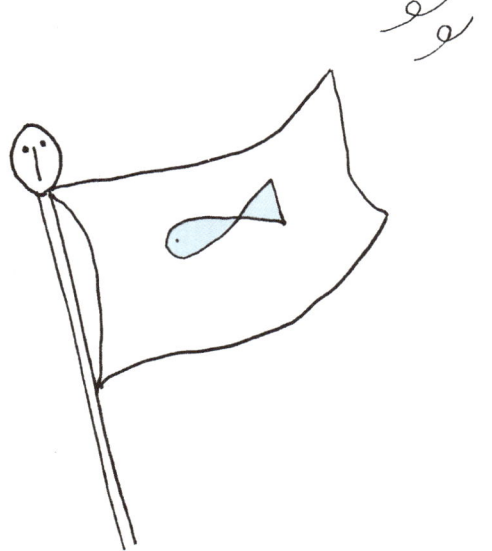

깃발

축 늘어진 깃발은 죽은 깃발이다.
펄떡거리는 물고기처럼 펄럭거려야
비로소 깃발은 살아나는 것이다.

사람도 마찬가지다.
축 처진 어깨는 죽은 사람에게나 어울린다.
바람이 분다고 등지거나 줄행랑치지 말고
바람을 맞으며 꿋꿋하게 전진하라.
거센 시련은 사람을 오히려
단단하고 강하게 만든다.
바람을 삼키면 바람은 비타민이 된다.

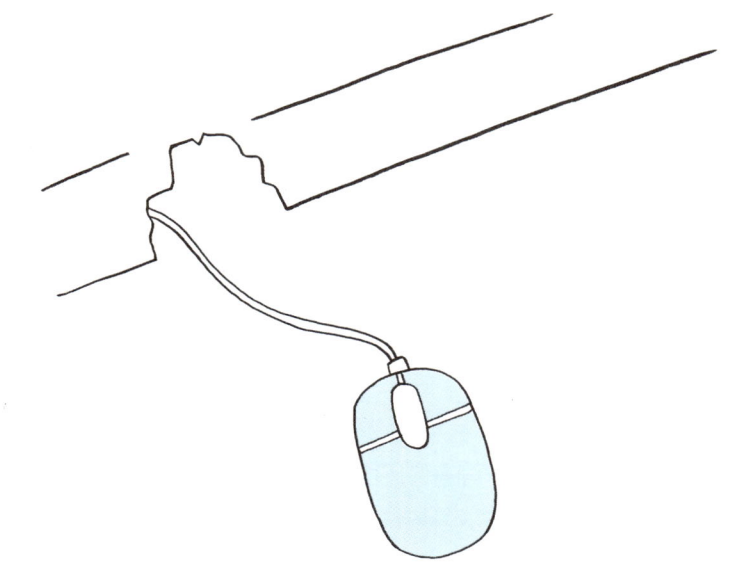

창 조

"참 엉뚱한 놈이네."
이런 소릴 자주 듣는 사람은
미래가 참 밝다.
늘 새로운 일에 도전하는
사람임이 분명하니까.
그러나
이런 소릴 들어본 적이 없다면
그 사람의 미래는 어둡다.
위대한 발명가나 기업가들은
하나같이
"엉뚱한 놈이네"라는 말을
수도 없이 들었다.
그렇기에 성공에 이른 것이다.
기억하라.
도전하는 자에게만
미래가 주어진다는 사실을.

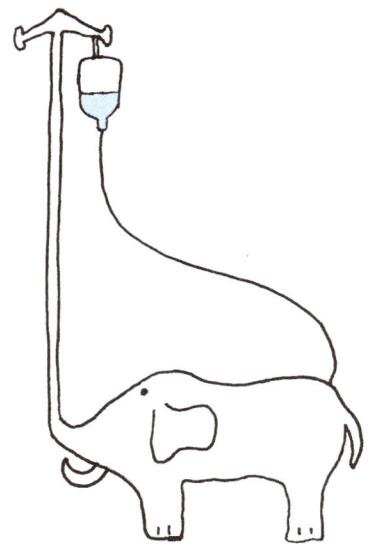

마음 한 조각

코끼리에 밟힌 개미가 더 아플까.
압정을 밟은 코끼리가 더 아플까.
그건 알 수 없다.
개미가 되어보지 않는 한
그 누구도 개미의 아픔을 알 수 없고
코끼리가 되어보지 않는 한
그 누구도 코끼리의 아픔을 알 수 없다.
남의 아픔을 알기 위해선
남이 되어야 한다.
돈으로 그 아픔을
조금 덜어줄 순 있겠지만
그러나 아픔을 완치해줄 순 없다.
돈으로도 치유할 수 없는 아픔,
그러나 마음 한 조각으로는
완전히 치유할 수 있다.

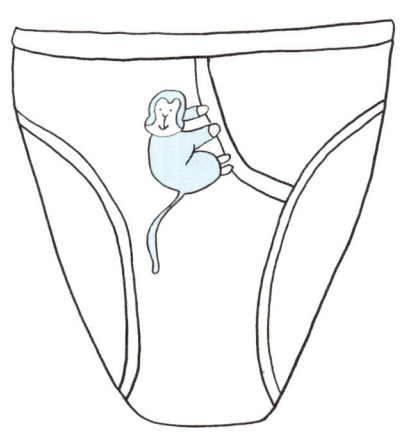

타 잔

성공을 꿈꾸는 사람이라면
타잔이 되어야 한다.
타잔은 윗옷도, 바지도 벗고
오직 팬티만 입고 다닌다.
불필요한 군더더기는 버리라는 뜻이다.
타잔 곁엔 언제나 치타가 있다.
세상 사람들이 다 외면해도
자신을 믿어줄 든든한 동반자를 가지라는 뜻이다.
타잔은 동물들과 친하게 지낸다.
힘들고 어려울 때 도움을 청할 수 있게
늘 타인들과 좋은 관계를 유지하라는 뜻이다.
타잔은 "아아아~" 목청도 크고 줄타기도 잘한다.
자기가 가장 잘할 수 있는 일을
선택하고 개발하라는 뜻이다.

타잔처럼 살아가면 성공이 보인다.

승리 없는 승리

3세기, 헬라의 피루스 왕이 이만오천 명의 군인과
스무 마리의 코끼리를 이끌고 로마를 침공했다.
피루스 왕은 승리를 얻었지만
전쟁 중에 코끼리는 다 죽고
군인들도 4분의 3이나 죽었다.
승리하였지만 너무나 많은 피해를 입은 것이다.

인생을 살아가면서 '피루스의 승리' 처럼
괜한 시간과 에너지를 낭비하지 다라.
소득 없는 승리를 하기 보단
더불어 살 수 있는 길을 모색해야 한다.
자전거 뒷바퀴에 구멍이 났다고 해서
뒷바퀴를 버릴 수 있겠는가?
앞바퀴는 뒷바퀴를 끌고 가야 한다.
둘은 조금 떨어져 있지만
결국, 하나인 공동운명체이기 때문이다.

좁고 험한 길

아직 발견되지 않는 길이나
사람들이 자주 가지 않는 길이라면
그 누구도 섣불리
그 길 위에 발자국을 찍지 않을 것이다.
그러나 기억하라.
첫발 하나가 첫길을 열고
첫발은 곧이어 서너 발이 되고
서너 발이 모여 결국 큰길이 된다는 사실을.
신대륙을 두 번째 발견한 사람을 기억하는가.
달에 두 번째 착륙한 사람을 기억하는가.
비행기 타고 두 번째 하늘을 난 사람을 기억하는가.
다수의 선택이 반드시 옳은 것은 아니다.
다수의 믿음이 절대적인 진리는 아니다.
위대한 진리나 놀라운 발견은
어쩌면 남들이 가지 않는
비좁고 험한 길 위에 있을지도 모른다.
남을 따라가기보다는 첫 발자국이 되어야 한다.

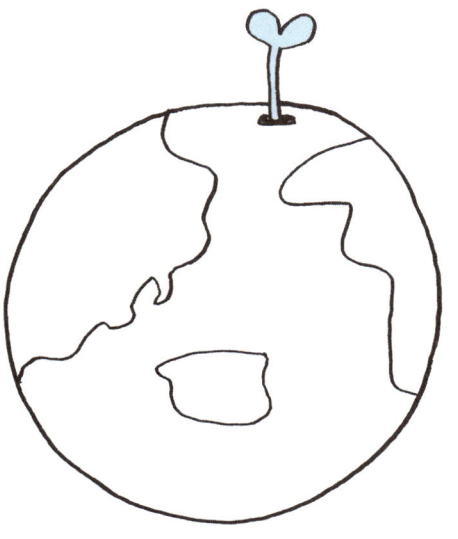

필요한 시간

타이거 우즈는 2년 간 모든 대회에 불참했다.
그리고 드디어 1999년에 돌아온 타이거 우즈는
14개 세계 대회에서 무려 10회나 우승했다.
기자가 물었다.
"2년 동안 무엇을 했습니까?"
타이거 우즈가 대답했다.
"스윙 폼을 교정했습니다."

지금 당장 이루려고 서두르지 마라.
망원경으로 미래를 바라보라.
새싹이 땅을 뚫고 밖으로 나오려면
씨앗에겐 어느 정도의 시간이 필요하다.
그 시간은 땅 속 어둠과 외로움을
받아들이는 고통의 시간이다.
그 시간을 참고 견뎌야만
성공이란 선물을 받을 수 있다.
태양을 받아들이려면
먼저 칠흑 같은 시간을 사랑해야 한다.

꿈

아이들의 꿈은 파랗다.
그래서인지 아이들은 하나같이 푸릇푸릇하다.
그런데 어른이 되면 '삶이란 괴물'에게
하나둘 꿈을 빼앗긴다.
그래서인지 어른들은 쭈글쭈글하다.
그런데 간혹, 푸릇푸릇한 어른들이 있다.
그들에겐 분명 꿈이 존재하는 까닭일 것이다.

고층빌딩 등반가로 유명한 알랭 로베르는
그 동안 110층의 시카고 시어스타워와
뉴욕의 엠파이어스테이트 빌딩을 비롯하여
세계 70여 개의 고층빌딩을 기어올랐다.
스파이더맨도 아닌데 왜 그런 무모한 짓을 하는지,
혀를 차는 이도 많다.
그러나 그는 말한다.
"나를 보고 날카로운 혀를 쏘는 사람도 있지만
정말로 혀 화살을 맞을 사람은 따로 있다.
바로 꿈에 도전하지 않는 사람이다."

가장 행복한 순간

옆에 서 있던 사람이
조금 비켜준 덕분에
햇빛이 내 뺨에 내려앉았을 때,
침대 밑을 빗자루로 쓸다가
활짝 웃는 얼굴의 사진 한 장이 딸려 나왔을 때,
찬밥 한 덩이가 있다는 걸 확인하고
라면 물을 끓일 때,
말다툼한 친구에게 먼저 사과할까 하고
휴대폰을 만지작거리는데
화면에 친구의 전화번호가 뜰 때,
서점에 가서 이 책 저 책을 뒤지다가
맘에 드는 문구를 발견했을 때.

그리고
살아 있는 지금 이 순간.

극 복

'합격사과' 는 폭풍우를 이겨낸 사과다.
그래서 수험생들에게 인기가 좋다.
시련을 이기고 당당히 합격하라는 의미일 것이다.
일본에서 맛있는 굴 하면
'아카시만 굴' 이 유명하다.
이유는 비슷하다.
아카시만 지역은 폭풍우가 극심한 곳이다.
폭풍우에 시달리다 보니
굴이 탄력 있고 맛도 좋아진 것이다.
사람도 그와 같다.
더욱 빛나고 가치 있는 사람이 되려면
자기에게 닥친 시련 앞에 태연할 줄 알아야 한다.
그 시련을 보약이자 선물로 생각하라.
그럼, 어깨 위의 짐이 한결 가벼워질 것이다.
진흙탕 속에서 피어나는 연꽃이
더 아름답지 않은가.
바위를 뚫고 자란 소나무가
더 눈부시지 않은가.

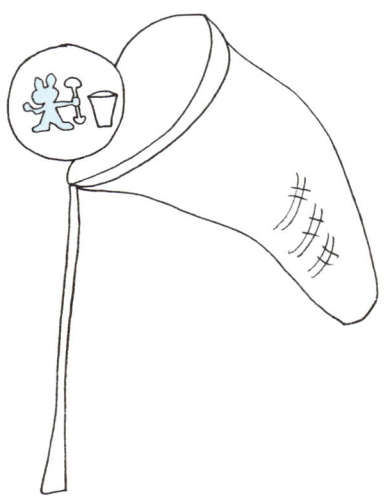

챔피언

'세계의 지붕' 히말라야에
깃발을 꽂은 사람,
'지구 밖 세상' 달나라에
깃발을 꽂은 사람,
그들은 인간의 한계를
뛰어넘은 자임에 틀림없다.
그렇다고 그들만이 챔피언일까.
히말라야를 꿈꾸고 그리워했던 사람,
달나라를 가슴에 담고 사랑한 사람,
그들 역시 모두 챔피언이다.
무엇인가를 꼭 이뤄야 하는 건 아니다.
남들보다 늘 앞서야 하는 건 아니다.
살아 있다는 것, 그것만으로도 챔피언이다.
싸이가 노래하지 않았나.
"챔피언! 소리 지르는 네가
챔피언! 음악에 미치는 네가
챔피언! 인생 즐기는 네가."
너와 나는 모두 챔피언이다.

비밀

종종 등이 가려울 때가 있을 것이다.
그럴 땐, 긁으려고 굳이 애쓰지 마라.
그건 네가 천사였다는 증거이니,
순수함을 잃지 말라는 경고이니.

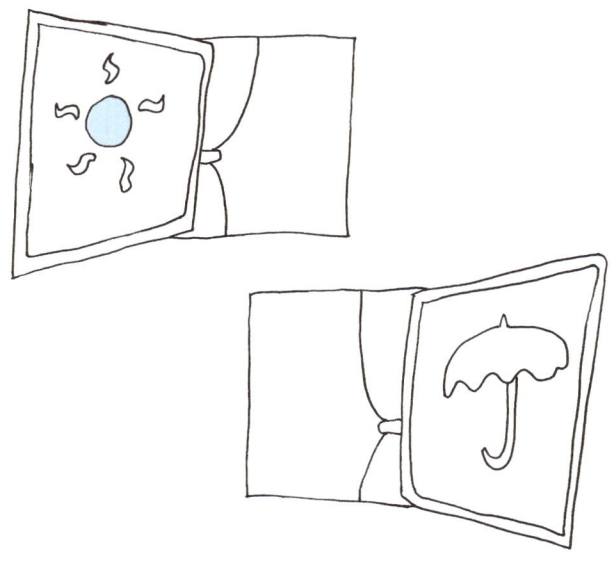

창 문

한 여자가 예쁜 옷을 차려입었다.
그녀는 창문 쪽을 바라보더니
혀를 쯧쯧 차며 말했다.
"안개가 자욱하니 내일 나가야겠다."
다음 날, 역시 예쁜 옷을 입고 창문 앞에 섰다.
세상은 여전히 안개가 자욱했다.
"오늘도 못 나가겠네."
며칠 내내, 몇 달 내내
창문 밖 세상은 안개로 가득했다.
아니, 정작 바깥세상은 햇볕 좋은 나날들이었다.
여자의 창문이 뿌연 먼지로 가득했던 것이다.

검은 창문을 통해 본 세상은 검고
붉은 창문을 통해 본 세상은 붉다.
너는 어느 창문을 통해 세상을 바라보는가.
오늘은 초등학교 때
창틀에 걸터앉아 창문을 닦았듯
마음의 창을 닦아보는 건 어떨가.

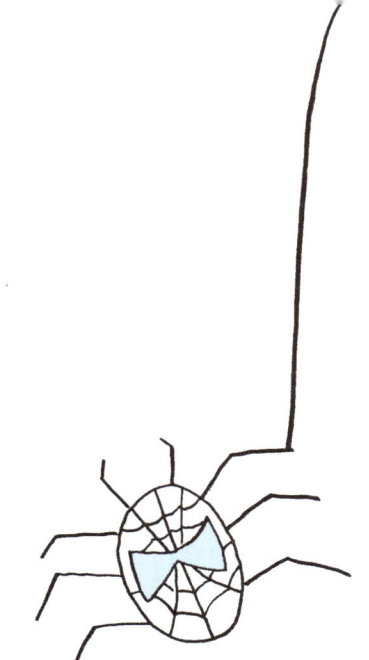

처음

거미가 그물을 만들기 위해선
첫 줄이 가장 중요하다.
첫 줄이 질기고 강해야
다음 줄을 계속 엮을 수 있기 때문이다.
그래서 거미는 첫 줄을 칠 때
가장 많은 힘을 쏟아붓는다.
약하다 싶으면 걷어내고 다시 첫 줄을 친다.
또 약하다 싶으면 미련 없이 걷어낸다.
그렇게 몇 차례 줄을 치고 걷어내기를 반복하여
가장 질기고 강한 첫 줄을 완성한다.

새로운 일은 모두 어렵고 힘들기 마련이다.
그렇다고 포기해선 안 된다.
다시 시작하고 또 시작해야 한다.
처음이 어렵지 그 뒤엔 보다 수월할 것이다.

현명한 승리

바둑에는 '불계승' 이라는 게 있다.
집수의 차이가 너무 나서
굳이 계산할 필요도 없는 대승을 말한다.
하지만 그렇게 이긴 경우
상대방은 심한 모멸감을 느낄 것이다.
누군가와 시합에서 이기려면
약간의 차이로 이기도록 해라.
그래야 영원한 라이벌이자 파트너도 남아
서로에게 플러스가 되고
상대방의 자존심 또한 지켜줄 수 있을 것이다.

반집승!
그것은 승자에게는 달콤한 자극제가 되고
패자에게도 역시 승리감을 안겨주는 비법이다.

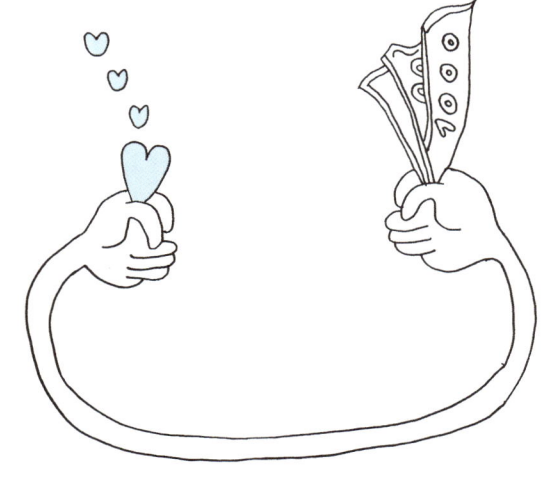

손

두 가지 손이 있다.
나눔의 손과 욕심의 손.
내 것을 남에게 줄 때는
나눔의 손을 내밀고
남의 것을 빼앗을 때는
욕심의 손을 사용한다.
나눔의 손은 한 손이어도 넉넉하고
두 손이면 더욱 풍요로움을 느낀가.
그러나 욕심의 손은 두 손이어도 모자라고
열 손이라도 늘 부족한 생각이 든다.

지금 너의 손을 꼼꼼히 보라.
너의 손은 어떤 손인가.
풍요롭고 따뜻한 손인가,
부족하고 부끄러운 손인가.

때

때가 있다.
공부를 게을리하면
엄마가 잔소리하는
지금은 공부할 때!
오후 3시쯤 배꼽시계가
꼬르륵 울리면
간식 먹을 때!

그리고
가장 행복하고
놓쳐서는 안 되고
오직 그 사람이어야 하는 때.
그건 바로
우리 지금 사랑할 때!

날 개

어미가 낭떠러지 밑으로
새끼독수리를 떨어뜨렸다.
"엄마~!"
두려움과 공포에 휩싸인 새끼독수리.
그러나 어미는 냉정하다.
새끼독수리가 아래로 곤두박질쳐
땅에 떨어지려는 순간,
어미는 잽싸게 새끼독수리를 물어 올린다.
그리고 냉정하게 또 다시 떨어뜨린다.
떨어뜨리고 물어 올리고
다시 떨어뜨리고 물어 올리기를 수십 번.
어느 순간 새끼독수리는
스스로 날아오른다.
두려움이 날개를 펴게 하고
공포가 잠재된 능력을 깨운다.

어둠은 잠시뿐.
어둠은 단지 빛의 전 과정이다.

마더 테레사 효과

엘리베이터 타지 않고
계단으로 오르락내리락하기.
버스나 지하철보다는
자전거로 이동하기.
느리게 걷기보다는
두 팔을 앞뒤로 크게 흔들며 빠르게 걷기.
이대로 실천하면 몸이 튼튼해질 것이다.

이번에는 속을 건강하게 하는 법.
그 비법은 바로 '봉사'.
'봉사와 건강이 무슨 상관이야!'
고개를 갸우뚱거릴 필요 없다.
과학적으로도 증명되었다.
남을 위해 봉사활동을 하면
체내에 면역기능이 크게 증강된다.
이것이 바로 '마더 테레사 효과'다.
믿지 못하겠다면 직접 시험해보라.
놀라운 효능을 느낄 것이다.

젊음

자신의 일기장에
절망이라는 단어가 없는 것
자신의 사랑 앞에
비겁함이라는 단어가 없는 것
자신의 가슴속에
포기라는 단어가 없는 것
자신의 친구 옆에
배신이란 단어가 없는 것
자신의 꿈 앞에
멈춤이라는 단어가 없는 것
자신의 시간 앞에
게으름이란 단어가 없는 것
자신의 벽 앞에
좌절이란 단어가 없는 것

그리고
자신의 세월 앞에
젊음이라는 단어를 꼭 잡아두는 것!

일찌감치

"와르르~!"
천둥 번개를 맞고도 끄떡없이
오랜 세월을 견뎌온 거목 하나가
한순간에 무너졌다.
외피를 뚫고 침입한
자그마한 딱정벌레 때문이었다.
작고 사소한 것이
거대한 생명력을 파괴한 것이다.

인생을 망치는 것은 큰 사건 때문이 아니다.
오히려 아주 작은 일에서 비롯된다.
이런 말이 있다.
'습관은 나무껍질에 새긴 글자와 같다.
나무가 커감에 따라 글자도 커진다.'
작고 사소한 습관이라도
나쁜 것이라면 일찌감치 버려야 한다.
나쁜 것이 성큼 자라 널 위협할지도 모른다.

최고의 발명품

위대한 발명품을 만들겠다고 했지만
에디슨은 참으로 많은 실패를 했다.
그래서 사람들은 비웃는 말투르
이렇게 묻곤 했다.
"에디슨 씨, 오랜 시간 동안 뭘 발명했습니까?"
"바로 이것입니다."
"그게 뭔가요?"
에디슨이 말했다.
"제가 발명한 건 천 번 실패해도
다시 한 번 더 시도해야 한다는 진리, 그것입니다!"

누구나 태어날 때부터
발명가의 기질을 타고났다.
물론, 당연히, 너도.
기억나는가?

우리는

어깨의 높이가 다르다.
보폭이 다르다.
덩치가 다르다.
성격이 다르다.
성적이 다르다.
집안이 다르다.
이성을 보는 취향이 다르다.
식성이 다르다.
생각이 다르다.
꿈이 다르다.
눈물의 양이 다르다.
세상을 보는 눈이 다르다.
돈 씀씀이가 다르다.
좋아하는 가수가 다르다.
같은 것 하나 없다.
그런데 신기하게도 우리는 친하다.
왜 그럴까?
친구, 친구이니까!

함 께

뼛속까지 스미는 추위로 가득한 남극대륙,
그곳에서 황제 펭귄은 어떻게 살아남을까.
수백, 수천 마리의 수컷펭귄들은
서로의 몸을 비비며 체온을 유지한다.
그리고 번갈아 가며
바람과 맞닿는 바깥쪽에 서는 사이,
안쪽에 있는 펭귄들은 편히 쉰다.

기러기는 장거리를 이동할 때
V자 형태로 떼를 지어 난다.
맨 앞에서 나는 기러기의 날갯짓은
기류의 상승운동 효과를 가져와
뒤따라오는 기러기가 쉽게 날 수 있게 한다.
그리고 맨 앞 기러기가 힘들면
다음 기러기가 자리바꿈해준다.

아름답다, 참 아름답다.
함께라는 게.

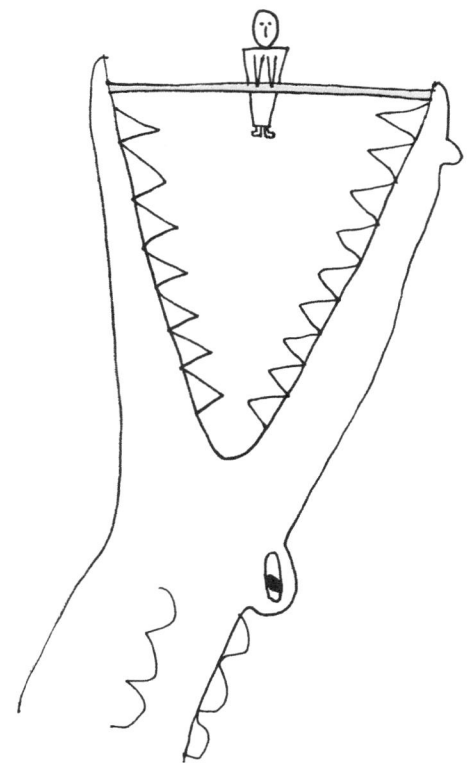

낙관

"대장님, 적군에게 완전히 포위되었습니다."
군인들은 모두 절망에 빠졌다.
그러나 대장은 달랐다.
"드디어 우리에게 기회가 왔다.
이제, 어느 방향으로든 공격할 수 있다!"

똑같은 강도의 위기에서
어떤 사람은 핵폭탄 같은 절망감을 느끼고
어떤 사람은 깃털 같은 절망감을 느낀다.
위기를 낙관으로 극복하고
낙관을 기회를 바꾸는 지혜.
그 지혜를 너는 가졌는가.

꿈의 실현

'난 할 수 있다!'
'합격할 거야!'
'꿈은 이루어진다!'
'포기하지 말자!'
이런 문구들을 덕지덕지
벽에 붙여놓는 사람들이 간혹 있다.
그들은 알고 있는 것일까?
그 비법의 놀라운 힘을.
알고 그랬든 모르고 그랬든
잘한 일임에 틀림없다.
자기가 이루고 싶은 꿈을
종이에 적으면 그것은 목표가 되고,
목표를 세부적으로 나누면 그것은 계획이 되며,
그 계획대로 행동하면 꿈은 실현되기 대문이다.

비전

시각장애인 빌리 데이비스는 철인3종경기 선수다.
그의 기록은 14시간 34분 17초.
일반인에 비해 상당히 뒤쳐진 기록이지만
그가 남긴 말만큼은 세계 최고 신기록감이다.
"시력은 잃었지만 비전을 잃은 적은 없습니다."

비전은 캄캄한 터널 밖의 한줄기 빛이다.
현실의 고통을 잊게 해주고
미래의 가능성을 발견하게 만든다.
비전이 없는 삶,
그건 삶에게 빚지는 짓이다.

행복그릇

작은 '행복그릇' 을 가진 사람은
그 그릇에 행복을 조금만 담아도
금세 꽉 차기 때문에
행복감을 쉽게 느낀다.
반면, 큰 '행복그릇' 은 아주 많이 담아도
쉽게 채울 수 없어 행복이 멀기만 하다.
행복하기를 원하는가.
그럼, 줄여라.
행복그릇을 줄이면
손톱만 한 행복으로도
채우고도 남는다.

꿈의 넓이

'코이' 라는 잉어가 있다.
이 잉어가 사는 모습을 보면 참 신기하다.
사는 공간에 따라 크기가 달라진다.
작은 어항에 넣어두면
5~8센티미터 밖에 자라지 않고
아주 커다란 수족관이나
연못에 넣어두면
15~25센티미터까지 자란다.
그리고 강물에 방류하면
90~120센티미터까지도 성장한다.

우리의 꿈도 똑같다.
큰 꿈을 가진 사람은 훗날 큰 사람이 되고
작은 꿈을 품으면 작은 사람이 된다.
명심하라.
꿈의 넓이가 사람의 넓이이고
인생의 넓이이자 미래의 넓이이다.

잠재력

우리가 눈으로 보는 빙산은
10%에 불과하다.
말 그대로 빙산의 일각일 뿐,
나머지 90% 정도는 물 속에 잠겨 있다.
우리의 모습도 빙산과 닮았다.
아직도 보여주지 못한, 그리고 발견하지 못한
90%가 우리 안에 있다.
누구에게나 무한한 가능성이 있다는 얘기다.
10%에 좌절하고 10%를 비난하고 10%로 평가하는
어리석은 일은 하지 말아야 한다.

가슴 속에 숨겨놓은 90%로
삶을 살아라.

신 념

"무슨 일이든 처음부터 100% 찬성으로
추진되는 일은 없다.
만약에 있다면 그것이 오히려 위험한 일이다.
어떤 일을 90%가 반대하고 10%가 찬성할 경우
찬성하는 이가 10%밖에 없다고 생각하지 말고
90%의 보완자가 있다고 생각하자."
이명박 전 서울시장의 말이다.

모든 의견에는 찬성과 반대가 있다.
그래서 서로 대립각을 세우고 싸우는 것이다.
그럴 때, 대다수의 의견에 휩쓸리지 말고
스스로의 가슴에 물어라.
나의 선택은 어느 편인지를.
또한 훗날, 리더가 되었을 때
자신의 편이 없다고 해서 좌절하거나
쉽게 무릎을 꿇어선 안 된다.
때론 무소처럼 때론 불도저처럼 밀고 나가라.
신념, 그 하나만 확고하다면.

거북이 걸음

장장 20년에 걸쳐 완성된 영화가 있다.
아텐보르 감독의 영화 '간디' 다.
숱한 역경이 그의 앞길을 가로막았지만
아텐보르는 한순간도 걸음을 멈추지 않았다.
마지막 장면인 간디의 장례식은
십만 명의 엑스트라와 이십만 명의 자원자들로
최고의 장면을 연출했다.
1983년 그는 아카데미 작품상과 감독상,
남우주연상 등 8개 부문의 상을 수상했다.
그날 그의 수상소감은 간단했다.
"한 걸음씩!"

성큼성큼 달려가는 토끼는
당연히 거북이보다 빠르다.
그러나 거북이가 승리할 수 있었던 이유,
그는 쉬지 않았다는 데 있다.
하루에 한 걸음씩, 그리고 쉬지 않고.
이것이 최고의 영광을 거머쥐는 방법이자 진리다.

열 쇠

열쇠 하나가 책상 위에 놓여 있다.
그 열쇠는
닫혀 있는 모든 것들을
열 수 있는 만능열쇠다.
가장 열고 싶은 것이 무엇인가.
일류 대학의 문?
미래의 문?
이성의 문?
무엇 하나를 선택하든 상관없다.

하지만
가장 권하고 싶은 것은
마음의 문,
사람과 사람 사이의 보이지 않는 문이다.
그 마음의 문을 여는 순간,
가족도 친구도 이웃도 행복도
다 내 안의 삶이 된다.

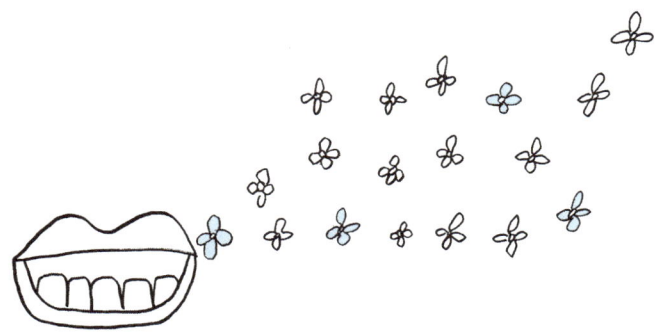

한 마디의 힘

한 학생이 가방에서 귤 하나를 꺼내
엄지손가락으로 귤의 보조개를
꾹, 누른다.
순간, 새콤달콤한 향기가 교실 전체로 퍼진다.
학생들 모두 꿀꺽꿀꺽
선생님도 꿀꺽꿀꺽
다들 입 안에 호수 하나씩을 만든다.
귤 하나, 힘이 참 세다.

우리가 내뱉는 말도 마찬가지다.
작은 말 한 마디의 위력은 참 대단하다.
'괜찮아' '힘내' '네가 최고야'
나로부터 시작한 긍정적인 말 한 마디,
그 말 한 마디가
타인의 인생을 바꾸고
이 세상을 아름답게 꽃피운다.

그게 효도

효도는 어려운 게 아니다.
오히려 너무나 쉽기 때문에
사람들이 망각하고 행하지 못하는 것이다.
나중에 어른이 돼서 해야지.
나중에 성공하면 해야지.
나중에 결혼하면 해야지.
그렇게 미룰 만큼 어렵고 복잡한 게 아니다.
학교에서 있었던 일 말해주기
친구와 있었던 일 말해주기
지금 나를 힘들게 하는 일 말해주기
컴퓨터 다루는 법 알려주기
가끔씩 어깨 주물러주기,
그게 바로 효도다.
돈으로도 베풀 수 없는
성공으로도 보답할 수 없는,
그 어떤 것보다도
더 큰 효도다.

제자리

배는 항구에 머무를 때보다
바다 위에 떠 있을 때가 더 아름답다.
꽃은 꽃병에 꽂혀 있을 때보다
드넓은 들판에 머무를 때가 더 아름답다.
모든 사물은
적절한 장소에 놓여 있을 때
더 아름답게 느껴진다.
사람도 마찬가지다.
자기가 있어야 할 자리에 있어야 가장 빛이 난다.

지금 너는 어디에 있는가.
젊음의 한복판
열정의 한복판
희망의 한복판
꿈의 한복판,
그 한복판에 너는 있는가.
그 자리가 너에게 가장 어울리는 자리다.

간 격

하루의 성공과 인생의 성공,
이 둘 사이에는 아무런 간격이 없다.
오늘 하루를 성공적으로 보낸 사람은
인생에서도 멋진 성공을 맛볼 수 있다.
순간의 행복과 영원의 행복,
이 둘 사이 역시 아무런 간격이 없다.
지금 이 순간 미소 짓는 사람은
그 미소가 내일은 배가 되어
결국 인생 자체가 미소꽃으로 만발하고
나아가 천국에서도 미소가 지지 않는다.

오늘 하루, 그리고 지금 이 순간
성공하고 미소 짓자.

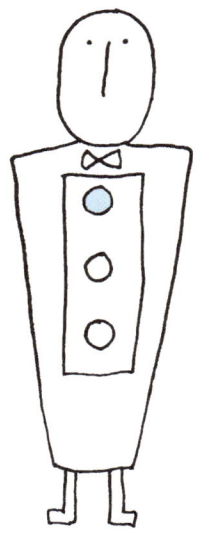

슬럼프

좋은 날이 있듯
때론 슬럼프에 빠지는 날도 생기게 마련이다.
그렇다고 깊은 좌절과 실망감에 빠져선 안 된다.
대나무가 마디를 지나 다시 쭉쭉 뻗어나가듯
슬럼프도 삶의 일부이자 희망의 전 단계일 뿐이다.
'사노라면 언젠가는 밝은 날도 오겠지.
흐린 날도 날이 새면 해가 뜨지 않더냐.
새파랗게 젊다는 게 한밑천인데
쩨쩨하게 굴지 말고 가슴을 쫙 펴라.'
이런 노래도 있지 않은가!

황색 슬럼프.
그것이 영원히 빠져나올 수 없는
늪과 같은 적색 신호로 바뀔지,
더 나은 내일을 위한
도약의 청색 신호로 바뀔지는
다른 누구의 선택도 아니다.
바로 자신의 의지에 달려 있는 것이다.

잃은 것과 남은 것

전쟁 중에 두 팔을 잃었지만
좌절하지 않고 열심히 살아간
청년 헤롤드 러셀.
그의 삶은 그 자체가 감동이자 희망이었다.
마침내 그의 삶이 영화화됐을 대
그는 직접 주인공으로까지 출연했다.
잃은 것에 대해 그는 이렇게 말했다.
"남은 것을 사용할 때
잃은 것의 열 배를 보상받을 것입니다."

살다 보면 소중한 것을 잃게 될 때가 있다.
그럴 때, 누구나 잃은 것에 미련을 갖게 된다.
그러나 그 미련이 뱀꼬리처럼 길어선 안 된다.
잃은 것은 이미 흘러간 과거다.
과거에서 벗어나야 미래로 갈 수 있는 것이다.
남은 것, 남은 생, 남은 희망, 남은 꿈을 위해
과거 대신 미래를 선택해야 한다.

해서는 안 될 말

"난 못났어!"
이 말은 부모님을 욕하는 것이다.
"난 할 수 없어!"
이 말은 희망을 죽이는 것이다.
"난 쓸모없어!"
이 말은 신을 모욕하는 것이다.

해서는 안 될 말을
하지 않는 사람,
그 사람이 크게 될 사람이다.

재능의 생명력

일본의 대표적 화가 후쿠사이가
수탉 그림 한 장을 재빠르게 그렸다.
그리고는 말했다.
"난 이 수탉 그림을 3년이란 세월을 걸쳐서 그렸네."
이에 친구가 물었다.
"무슨 소린가? 몇 분밖에 안 걸린 것 같은데."
그러자 후쿠사이가 말했다.
"저기 작업실을 보게. 이 수탉 그림 하나 그리려고
3년 동안 연습한 종이가 후지산만큼 쌓였네."

아무리 좋은 약도 상온에 두면 쉽게 상한다.
냉장고에 보관해야 유통기한을 늘릴 수 있다.
사람의 재능도 마찬가지다.
뛰어난 재능을 갖고 태어났다고 해서
그 재능이 죽을 때까지 지속되는 것은 아니다.
거듭된 훈련과 노력만이
그 재능의 생명력을 연장시킨다.

무無대

"자네는 미술작품 중에
가장 위대한 작품이 무엇이라 생각하나?"
친구의 질문에 화가는 백지를 가리켰다.
"바로 저것이네."
"지금 장난하는 건가?"
"장난이 아닐세.
저 백지에는 아직 완성되지 않은
최고의 작품이 숨어 있지 않은가."

아무런 재능이 없다는 것,
그것만큼 더 큰 재능은 없다.
앞으로 발견할 재능과 채워야 할 인생이
남보다 더 많다는 얘기다.
지금은 텅 빈 무無대다.
서두르지 말고 하나씩 진행하라.
희망의 나무도 심고 행복의 구름도 부르고
열정의 태양도 붙이면
최고의 무대가 완성될 것이다.

길 찾기

산에서 길을 잃으면
이리저리 헤매지 말고
오히려 산 위로 올라가야 한다.
산 정상에 서면 마을로 가는 길을
훤히 내려다볼 수 있기 때문이다.
요즘은 '네비게이션' 이라는 장치가 있어
모르는 길도 가고자 하는 마음만 있으면
금방 찾아갈 수 있다.
그래서 길을 잃어버릴 염려가 없다.
하지만 인생의 길은 그렇지 않다.
인생의 길을 가다 보면
때론 길을 잃고 방황할 때가 있다.
네비게이션도 나침반도 소용없다.
오직 의지할 건 자신의 발걸음뿐.
가다 보면 길이 보인다.
입구가 있으면 출구가 있게 마련.
길이 없다면 만들면 되는 것이다.

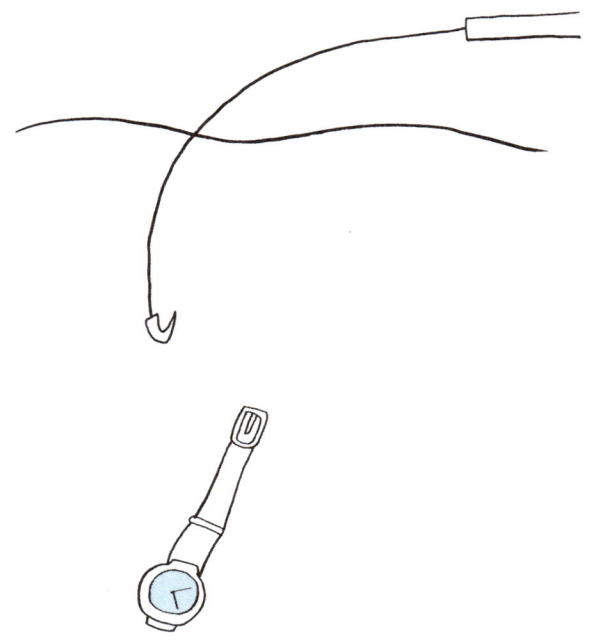

하루의 시간

제 나이보다 훨씬 빨리 늙는 병이 있다.
'길포드증후군' 이라는 병이다.
그 병을 앓고 있는 소년이 있다.
겨우 열 살인데 피부가 쭈글쭈글하고
머리카락이 듬성듬성 빠졌다.
"지금 너의 상황이 슬프지 않니?"
누군가 묻자 소년이 활짝 미소 지으며 말했다.
"괜찮아요. 제게 주어진 시간이 짧은 만큼
단 1초도 가치 있게 보내려고 노력하거든요."

자신에게 주어진 시간은 아무도 모른다.
갑자기 그 시간이 끝나거나 길어질 수도 있다.
중요한 건 시간의 길이가 아니다.
얼마나 가치 있는 시간을 보내느냐 하는 것이다.
주어진 시간이 단 하루밖에 남아 있지 않다면
무슨 일을 할 것인가?
그 소중한 하루를 보내는 것처럼
일생이라는 시간을 소중히해야 한다.

가 족

미국의 자동차 왕 헨리 포드가
고향에 내려가 작고 아담한 집을 한 채 지었다.
주위 사람들이 이렇게 물었다.
"돈이 아주 많을 텐데
왜 그렇게 평범하고 초라한 집을 짓습니까?
조금 호화스럽게 짓지 그러세요."
그러자 그가 말했다.
"가족이 사는 집은 건물이 아닙니다.
아무리 작고 초라해도 사랑이 넘친다면
그 집은 가장 위대한 공간입니다."

함께 있다는 것만으로도
행복하고 미소 지을 수 있고
의지가 되는 것이 바로 가족이다.
피를 나눴기 때문이 아니라
살아가면서 닮아가는 또 다른 나의 모습이
바로 가족이다.

환희의 스위치

어둠 속에 서 있어본 적이 있는가.
그곳에 있으면 뭔가 날 덮치지나 않을까,
두려움에 사로잡혀
온몸에 소름이 돋고 심장이 콩알만 해진다.
이때 누군가 톡, 하고 스위치를 올려
주위가 환해지면
안도의 한숨과 함께 두려움은 환희로 바뀐다.

두려움과 환희는 단지 어둠과 밝음의 차이일까?
눈을 감아도 어둡기는 마찬가지,
그러나 두렵지 않다.
무슨 생각을 하느냐에 따라
두려움을 불러올 수도, 환희를 불러올 수도 있다.
두려움이 다가올 때,
물러서지 말고 맞서 싸워라.
두려움도 강한 자 앞에서는 두려워하게 마련이다.
두려움의 자리에 환희를 채워라.
톡, 환희의 스위치를 올려라.

여자의 힘

나폴레옹은 세상을 지배했지만
조세핀은 나폴레옹을 지배했다.
파업으로 인해 영국 경제가 위기에 처했을 때,
그 난관을 슬기롭게 극복한 이는
바로 마가렛 대처였다.
이상을 위대한 문학가로 만든 것은
금홍이의 등장이었다.
사랑이 최고의 가치임을 일깨워준
마더 테레사 역시 여자였다.

여자는 조용하지만 뜨겁다.
여자는 작지만 위대하다.
여자는 약하지만 지지 않는다.
세상의 반은 여자.
그래서 아름답고 그래서 든든하다.
남자는 힘이 세다.
그러나 여자는 참 힘이 세다.

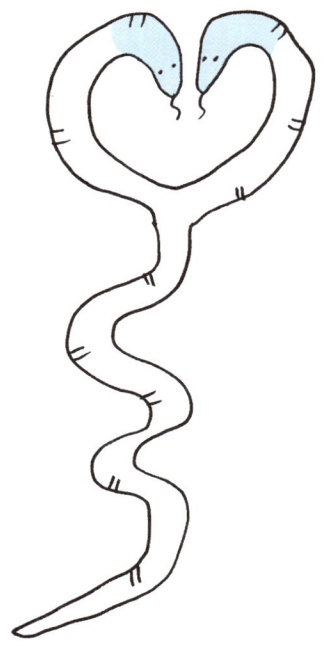

양 보

머리가 둘 달린 뱀이 발견된 적이 있다.
그 뱀의 운명은 앞으로 어떻게 될까?
살고자 한다면 둘은 하나가 되어야 한다.
좌측으로 가고자 한다면
먼저 상대에게 양보를 구해야 한다.
우측으로 가고자 할 때도
둘의 합의가 우선되어야 한다.
그렇지 않고
서로의 주장만 내세운다면
뱀은 한걸음도 나갈 수 없고
결국, 죽게 될 것이다.

우리의 삶도 마찬가지다.
자기의 주장을 내세우는 것도 중요하지만
때론 자기의 주장을 굽힐 줄도 알아야 한다.
양보하는 마음,
그것이 세상 그리고 친구와
돈독한 관계를 유지하는 비법이다.

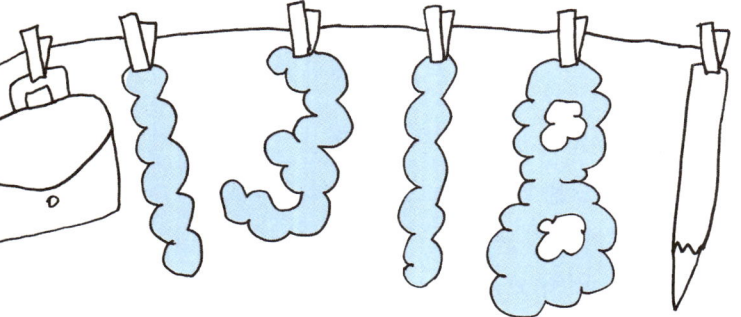

상 장

3년 개근상은 받지 못했지만
공부를 잘해서 최우수상을 받은 학생,
비록 공부는 잘하지 못했지만
성실해서 3년 개근상을 받은 학생.
둘 중 누가 더 값진 학창시절을 보냈을까?
물론 두 학생 모두다.
아니, 그 어떤 상도 받지 못한 학생도 값지다.
중요한 건
그 시절을 경험했다는 것.
그 사실만으로도
모두 충분히 값지다.

가위바위보

한 남자가 공장에서 일하다가
기계 안으로 그만 손가락이 빨려 들어갔다.
그 사고로 남자는 다섯 손가락을 몽땅 잃었다.
어느 날, 남자의 아들은
유치원에서 배웠다며
가위바위보를 하자고 한다.
남자는 계속해서 주먹만 낸다.
아들은 보만 내며 이겼다고 좋아한다.

혹여, 너는 지금도
'보' 만 내고 있는 건 아닌지.
이제부턴 아버지를 위해
'가위' 도 내보아라.

선생님

드라마 '허준'에 이런 장면이 나온다.
허준의 스승인 유의태가 죽으면서 유언을 남겼다.
"허준아, 내가 죽으면 내 시신에 칼을 대거라.
네가 더 훌륭한 의술을 지닌 사람이 된다면
난 죽어서도 기쁠 것이다."
유의태의 시신 앞에서 허준은 망설인다.
그리고 결국 시신에 칼을 댄다.
인체의 내부를 들여다 본 허준은
이를 그림으로 옮긴다.
그것이 바로 '신형장부도'라는 것이다.

지금 이 시대의 선생님들,
그 누구도 모자라지 않다.
모두가 유의태다. 모두가 참스승이다.
말씀 하나, 손짓 하나, 눈빛 하나도 놓치지 마라.
열심히 배우고 늘 감사하라.

눈높이 세상

고양이에게 호랑이의 심장은 필요 없다.
쥐를 잡을 수 있는 손톱만 있으면 된다.
작은 배에게 큰 돛은 필요 없다.
돛이 너무 크면 배가 뒤집히고 만다.
작은 발에는 큰 신발이 필요 없다.
몇 걸음도 못 가서 벗겨지고 만다.
꽃병에게 큰 나무가 필요 없다.
꽃병에 들어갈 작은 꽃이면 된다.

너무 고개를 쳐들지 마라.
눈높이 세상도
충분히 아름답고 충분히 만족스럽다.

상위권 비법

상위권으로 가는 비법은
바로 엉덩이에 있다.
첫째, 엉덩이를 펑퍼짐하게 넓혀라.
둘째, 엉덩이의 무게를 늘려라.
그래서 한번 앉으면
다시는 일어날 수 없게 만들어라.

공부는 머리로 하는 게 아니다.
바로 엉덩이로 하는 것이다.

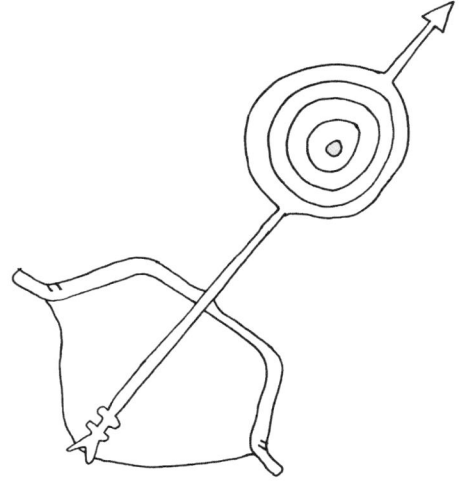

높이

과녁이 가까이 있다면
그대로 과녁을 겨냥해서 쏘면 된다.
그러나 과녁이 멀리 있다면
어떻게 해야 할까.
궁수는 목표물보다 더 높은 곳을 겨냥해야 한다.
그래야 화살이 큰 포물선을 그리며
목표물에 정확히 도달하기 때문이다.

우리의 꿈도 마찬가지다.
꿈의 과녁을 맞히려면
높은 목표를 세워야 한다.

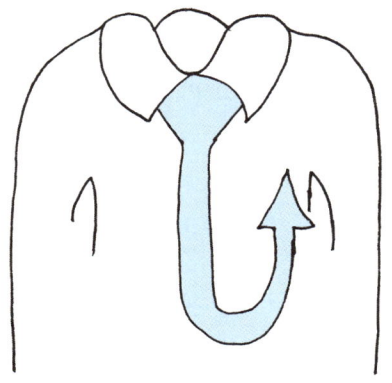

배신하지 않는 것

네가 배신하지 않는 한
절대로 배신하는 않는 게 있다.

그건 바로
'희망'

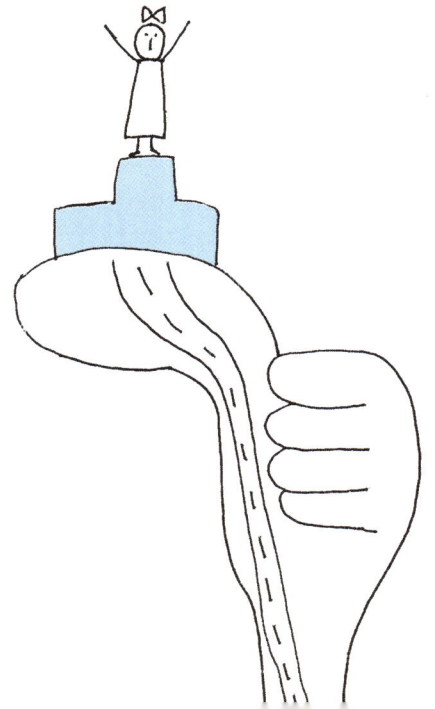

반드시

운동선수가 되고 싶다면
두 가지 일을 반드시 해야 한다.
잘 먹고 잘 뛰어야 한다.
작가가 되고 싶다면
두 가지 일을 반드시 해야 한다.
많이 쓰고 많이 읽어야 한다.
화가가 되고 싶다면
두 가지 일을 반드시 해야 한다.
늘 보고 늘 그려야 한다.
개그맨이 되고 싶다면
두 가지 일을 반드시 해야 한다.
항상 웃고 항상 웃겨야 한다.
인생에서 성공하고 싶다면
두 가지 일을 반드시 해야 한다.
끊임없이 노력하고 끊임없이 사랑해야 한다.

두 가지 중에 하나라도 부족하면 이룰 수 없다.
지름길은 없다. 그 길밖에 없다.

감정 다스리기

야구장에 가면 두 팀이 경기를 한다.
그러면 당연히 팬도 둘로 나뉜다.
자기가 좋아하는 팀이 잘하면 목이 터져라 응원하고
상대방 팀이 잘하면 야유를 보낸다.
그렇다고 선수들은
응원과 야유에 민감해선 안 된다.
감정이 흔들리면 집중할 수 없어
자칫, 경기를 망칠 수 있기 때문이다.

어떤 일을 잘했다고 누군가가 칭찬한다고 해서
너무 으스대지 마라.
또한 일을 망쳤다고 누군가가 비난한다고 해서
너무 기죽을 필요 없다.
칭찬과 비난에 흔들리지 말고
하고자 하는 일을 계속 밀고 나가는 게 최선이다.

친 구

친구Friend의 의미를 이렇게 말하곤 한다.
F_ree, 만나면 자유로워지고
R_emeber, 헤어지면 두고두고 기억에 남고
I_dea, 늘 좋은 생각을 나눌 수 있고
E_njoy, 기쁨을 함께 즐기고 슬픔은 줄고
N_eed, 필요할 때면 언제나 달려가주고
D_epend, 힘들 땐 한쪽 어깨를 빌려주는 존재.
바로 그런 존재가 친구이다.

그런 친구를 원하는가.
방법은 아주 쉽다.
먼저, 그런 친구가 되어주면 된다.

작은 것

작가 코난 도일이
명탐정 '셜록 홈스'를 탄생시킬 수 있었던 건
작은 일도 간과하지 않고 중요하게 여긴 덕분이다.
남들에게는 아무것도 아닌 일을
그는 기억하고 메모하고
팝콘처럼 이야기를 부풀렸다.
개미의 움직임도 나비의 날갯짓도
창문 너머로 들리는 이웃들의 이야기도
놀이터에서 나누는 아이들의 대화에도
귀기울이고 상상력과 추리력을 덧붙였다.
그랬기 때문에 위대한 작품이 나온 것이다.

그는 이렇게 말했다.
"가장 좋은 것들은 조금씩 찾아온다.
작은 구멍에서도 햇빛을 볼 수 있다.
사람들은 산에 걸려 넘어지지 않는다.
그들은 조약돌에 걸려 넘어진다.
작은 것들이 곧 중요한 것이다."

큰 일을 실수 없이 하는 것도 중요하지만
작은 일에도 열정과 정성을 기울여야 한다.
큰 바위보다 작은 다이아몬드가
더 가치 있지 않은가.
커다란 무보다 작은 산삼이
더 가치 있지 않은가.
작은 것을 놓치는 순간,
더 커다란 것을 기대하긴 어렵다.
작은 것이 곧 커다란 것이다.

나로부터

나 하나 휴지를 줍는다고
뭐가 달라지겠냐고 말하지 마라.
환경미화원의 수고를 덜어주는 가치 있는 일이다.
나 하나 웃는다고
분위기가 달라지겠냐고 말하지 마라.
웃음은 순식간에 퍼져 온 세상이 웃음바다가 된다.
나 하나 민들레가 된다고
들판이 달라지겠냐고 말하지 마라.
홀씨가 휘날려 들판이 온통 민들레천지가 된다.
나 하나 노란 은행잎이 된다고
낭만 가득한 거리로 변하겠냐고 말하지 마라.
하나가 둘이 되고 둘이 곧 수천 개가 되어
거리는 한 폭의 그림이 된다.

세상의 변화는 나 하나로부터 시작된다.
나 하나의 땀방울이 세상의 발전이 되고
나 하나의 일기가 세상의 역사가 되고
나 하나의 사랑이 세상의 평화가 된다.

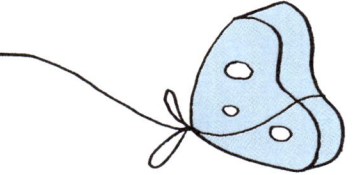

성공 낚시

낚싯바늘만으로
고기들을 잡는다는 게 그리 쉽지 않다.
낚싯바늘에 미끼를 걸어놔야
고기들이 서로 먹겠다고 앞다퉈 입질을 해댄다.

성공도 이와 별다를 게 없다.
최소한의 노력과 열정의 미끼가
필요하다.
그래야 성공이라는 월척을
낚을 수 있다.

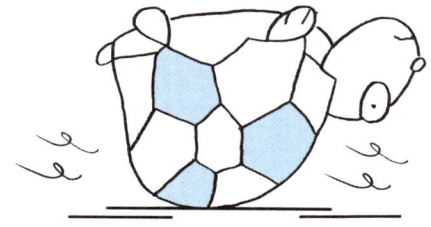

뒤집기

씨름의 기술은 참 다양하다.
앞무릎치기, 뒷무릎치기, 오금걸이,
밭다리걸기, 안다리걸기, 들배지기, 엉덩배지기,
돌림배지기, 맞배지기, 뒤집기 등등.
그 중에서 가장 짜릿한 승부를
이끌어내는 기술은 뭐니뭐니해도 단연 뒤집기다.
전 천하장사 이승삼은 뒤집기 명수로 유명하다.
그의 뒤집기를 보면 카타르시스를 느낀다.
절망을 희망으로 바꾸는 순간이기에.

우리의 삶도 마찬가지다.
루즈벨트를 누가 소아마비로 기억하는가?
베토벤을 누가 청각장애인으로 기억하는가?
링컨을 누가 초등학교도 못 마쳤다고 기억하는가?
절망적인 상황에 절대 굴하지 마라.
그 상황을 뒤집을 용기와 집념만 있다면
더 멋진 후반부가 펼쳐진다.
최고의 '뒤집기 명수'가 되어라.

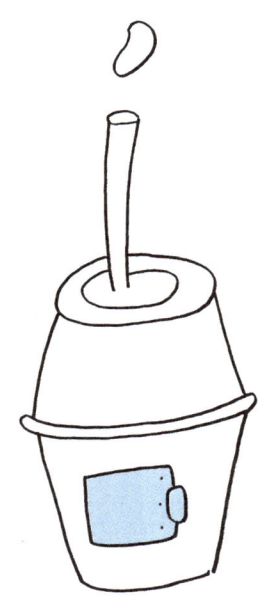

따뜻한 겨울

갈대가 흔들린다.
바람이겠지 했지만
그게 아니다.
바람 한 점 없다.
그런데 왜 갈대가 살랑살랑 움직였을까?
갈대숲을 바라보니 참새 두 마리가 있다.
한 마리는 엄마참새,
한 마리는 아기참새.
엄마참새가 아기참새를
꼭 껴안고 바지런히 비비대고 있었다.

엄마 사랑,
난로보다 더 뜨겁다.

봄 값

봄이 아름다운 이유는
하얀 목련과 노란 개나리가 있기 때문이다.
이것들의 성장과정은 조금 남다르다.
대부분의 식물들은
초록잎사귀를 내놓은 후에
서서히 꽃망울을 내놓고
이어 망울의 껍질을 벗고 예쁜 꽃이 만발한다.
그런데 목련과 개나리는 먼저 꽃을 선보인다.
왜 가장 소중한 것을 먼저 내보낼까?
사람들에게 조금이라도 더 빨리
따사로운 봄을 주려는 것이다.
그래서 목련과 개나리는
자신의 가장 소중한 것을 겨울에게 내주고
봄을 산 것이다.

달걀 두 판 집배원

가난한 사람들이 찾아와 허기진 배를 채우는
'민들레국수집.'
그곳에 매주 월요일마다
달걀 두 판을 살짝 내려놓고 가는 집배원이 있다.
일주일 용돈 이 만원을 받으면
제일 먼저 달걀 두 판을 사서 그곳에 온다.
게다가 힘든 집배원 생활임에도 불구하고
월요일마다 점심은 굶는다.
돈을 아끼려고 굶는 것이 아니라
배고픈 이들과 배고픈 마음을 나누기 위해서란다.
정년퇴직을 하면 민들레국수집에서
설거지를 하는 게 꿈이라는 그.

길거리를 가다가
달걀 두 판을 들고 가는 집배원을 보거든
고맙다고 인사해라.

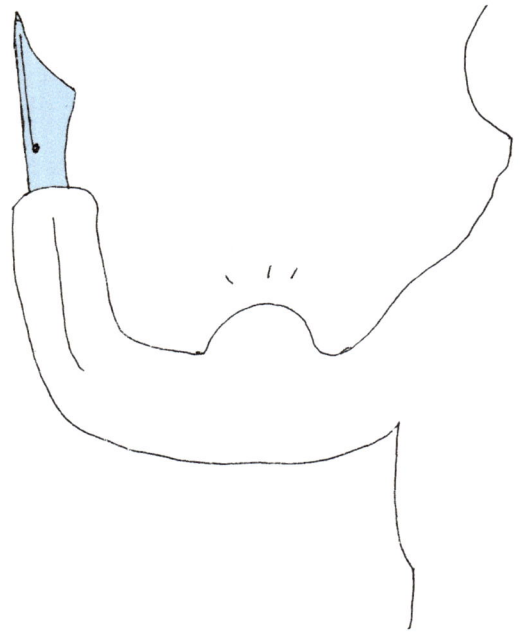

160

글의 힘

지하철 입구에 장님 두 명이
목에 팻말을 걸고 나란히 구걸을 하고 있다.
한 명의 팻말엔 이렇게 적혀 있었다.
'저는 태어날 때부터 장님입니다.'
깡통 안에 동전이 하나도 없었다.
다른 한 명의 팻말에 이렇게 적혀 있었다.
'저는 봄이 와도 꽃을 볼 수 없답니다.'
깡통 안에 동전이 가득했다.

한 줄의 글이 사람의 마음을 움직인다.
한 줄의 글이 세상을 움직인다.

허수아비

추수가 끝나고 황량한 바람만 남은 들녘,
사람들은 모두 집으로 가고
국화도 내년을 기약하며 저 멀리 떠났다.
그런데 허수아비는 그 자리에 꼼짝 않고 서 있다.
지나가는 구름이 물었다.
"더 춥기 전에 따뜻한 곳을 찾아 떠나지
왜 여태 거기에 서 있니?"
허수아비가 말했다.
"혹시, 아니? 날개 다친 새가
내 어깨 위에 내려앉아
잠시 쉬어 갈지도 모르잖아."

남을 위해 산다는 것,
한 번 생각하면 손해 보는 일인지도 모른다.
그러나 두 번 생각하면 큰 이득이 있다.
남의 마음이 따뜻해서 이득
내 마음도 따뜻해서 이득.
난방비를 아낄 수 있지 않은가.

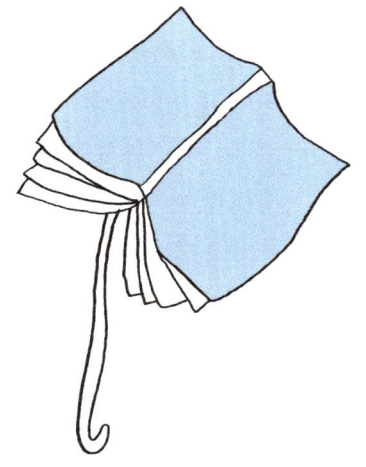

용 도

시집 한 권이 있다.
세 살 먹은 아이에게 그 시집을 주면
아이에겐 장난감 하나가 생긴다.
아이는 시집을 갈기갈기 찢고 쪽쪽 빨며 논다.
라면을 막 끓인 청년에게 그 시집을 주면
냄비받침으로 유용하게 쓸 것이다.
비를 맞고 있는 사람에게 그 시집을 주면
시집은 우산이 되어줄 것이다.
시련을 당한 사람에게 그 시집을 주면
안티푸라민 같은 위안이 될 것이다.
어떻게 사용하느냐에 따라
시집 한 권의 쓰임새가 참 다양하다.

우리에게 주어진 인생,
그 인생을 어떻게 사용하느냐에 따라
인생의 가치도 달라지는 것이다.
너는 지금 인생이라는 선물을
어떤 용도를 쓰고 있는가.

탈 출

빠삐용은 감옥을 탈출한 적이 있다.
신창원도 감옥을 탈출한 적이 있다.
우리 동포들은 지금도 북한을 탈출하고 있다.
아무리 삼엄한 감시라고 해도
그들은 탈출에 성공했다.
그러나 철창도 없고
감시카메라도 없고 보초도 없는데
탈출하기가 참으로 어려운 것이 있다.
그건 바로 고정관념.

고정관념의 감옥에서 탈출하는 자,
그가 진정한 자유인이다.

뷔페와 부대찌개

남보다 모든 면에서 뛰어난 사람이 있다.

그는 공부도 잘하고 인물도 좋고

돈도 많고 사교성도 좋다.

사람들은 당연히 그가 성공할 거라 생각한다.

그러나 그는 성공하지 못했다.

반면 또 한 사람이 있다.

공부도 그럭저럭, 인물도 평범한데다

돈은 없지만 사교성은 원만한, 보통 사람이다.

그러나 그는 성공의 길을 걷고 있다.

모든 면에서 뛰어난 사람보다

그저 보통 사람인 그가 왜 성공을 했을까?

'뷔페와 부대찌개의 법칙'이 존재하기 때문이다.

잘나고 재능이 출중해도 조화를 이뤄내지 못하면

헛배만 부른 '뷔페'에 지나지 않는다.

그러나 보잘것없는 재료의 장점을 잘 모으면

'부대찌개'처럼 최고의 맛을 낼 수 있다.

남보다 뛰어난 게 없다고 좌절하지 마라.

평범함을 잘 다듬어 최고의 맛을 내면 그만이다.

지금

인간은 두 번 성장한다.
한 번은
엄마를 어머니로 부르는 순간이고
또 한 번은
어머니라는 말만 들어도
주르르, 눈물이 흐르는 순간이다.

지금,
엄마에게 사랑을
어머니에게 관심을.

끝

코끝에 닿는 혀, 참 신기하다.
손톱 끝에 달린 봉숭아물, 참 귀엽다.
10년 연애 끝에 결혼, 참 숭고하다.
우여곡절 끝에 성공, 참 멋지다.
이 밤의 끝을 잡고 그리워하기, 참 아름답다.
오랜 방황 끝에 귀가, 참 반갑다.
싸움 끝에 다시 화해, 참 다정하다.
나뭇가지 끝에 달린 열매, 참 탐스럽다.

우리는 끝을 마지막으로 알고 있다.
그러나 끝은 마지막이 아니다.
'끝'은 위대한 말이다.
끝이 있기에 다시 시작할 수 있는 것이다.
다시 시작하는 마음으로
첫 페이지를 펼쳐보길…….

대한민국 10대,
세상의 중심에 서라

2007년 1월 30일 초판 1쇄 발행
2008년 1월 30일 초판 2쇄 발행

글·그림 | 김현태
펴낸이 | 김태화
펴낸곳 | 파라북스

주간 | 이성옥
기획 | 조은주, 홍효은
책임편집 | 민경미
마케팅 | 박경만
관리 | 이연숙

등록번호 | 제313-2004-000003호
등록일자 | 2004년 1월 7일
전화 | 02) 322-5353   팩스 | 02) 334-0748
주소 | 서울특별시 마포구 서교동 343-12
홈페이지 | www.parabooks.com

ISBN 978-89-91058-59-0 (43810)
copyright ⓒ 2007 by 김현태

*값은 표지 뒷면에 있습니다.